초등학생이
되는 너에게

초등학생이 되는 너에게

발행	2022년 03월 03일
저자	홍혜진
펴낸이	한건희
펴낸곳	주식회사 부크크
출판사등록	2014. 07. 15(제2014-16호)
주소	서울특별시 금천구 가산디지털1로 119 A동 305호
전화	1670-8316
E-mail	info@bookk.co.kr
ISBN	979-11-372-7405-1

www.bookk.co.kr

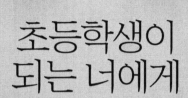

초등학생이
되는 너에게

홍혜진 지음

BOOKK

차례

엄마의 마음

<초등학생이 되는 너에게>를 쓰게 된 계기는 이러했다. '너'
를 만나고, 태어나고, 키우고 했던 모든 순간이
7살이라는 나이 앞에서 주마등처럼 스쳐 지나갔다.
'언제 이렇게 커버렸니…?'

7년이라는 시간 동안 너와 함께 했던 모든 순간은 나의 '새로
움'이었다. '엄마'라고 불리던 그 새로움이 나를 설레게도 하
고, 기쁘게도 하고, 벅차게도 하고, 서툴게도 하였다.

우리는 그렇게 서로 서툴게 만나 세상에 너와 나 단둘만 존재
하는 것처럼 서로밖에 모르는 바보가 되었다.

그랬던 '너'와 언젠가 멀어질 때가 다가오고 있음이 조금씩
느껴진다. 그것은 너의 '성장'이 가져다주는 통증에 불과한

것이니 전혀 잘못된 거리라고 생각되지 않는다.

다만 각자 짊어질 그 통증을 대비해서 미리 예방법 정도는 서로가 알 필요가 있다는 생각이 들었다.
그때 그 순간 너의 눈빛을 읽어낼 수 없는 날들을 대비하여 미리 엄마의 마음을 전달하고 싶었다.

엄마는 엄마대로 지혜롭게 너를 바라보기 위해 발버둥 칠게.
너는 너대로 모든 순간 모든 걸음 지혜롭게 이겨내고, 힘차게 걸어가길 바라.

'초등학생이 되는 너에게' 전하고픈 엄마의 마음이었어.
무한으로 사랑하는 너에게 말이야.

제1장

학교생활

〈빨간 책가방〉

유치원 점심시간에 한참
신나게 놀이터에서 놀고 있었는데
문밖으로 책가방을 메고 다니는
언니 오빠 모습들이 보인다.

'아 나도 저런 가방 메고 싶다.'
'아 나도 학교 다니고 싶다.'

그런데 드디어 이제 내가
학교에 들어갈 수 있다니.

오늘은 처음 등교하기 전날 밤이다.
예쁜 빨간 책가방에 크레파스, 색연필,
공책을 챙겨 넣었다.

세상에서 제일 행복한 밤은
학교에 처음 등교하기 전날 밤이다.

〈1학년 5반〉

학교에 도착한 나는
신발을 벗고 교실을 찾았다.

'어 저기 1-5반이라고 되어있네,'
'여기가 내 교실이구나!'

신발장에 신발을 넣고 실내화로 갈아 신었다.
교실에 문을 열고 들어가 보니
낯선 친구들이 가득했다.
그리고 안경 낀 조금 통통한 여자 선생님이 계셨다.

"안녕 친구야. 만나서 반가워,"

〈나의 자리〉

친구들과 나는 선생님이 정해준
책상 자리에 앉았다.

유치원에서는 아빠 다리하고
작은 책상에서만 놀이 활동했는데
학교에 오니 의자와 책상이 있는
'나의 자리'가 생겼다.

앞으로 여기서 밥 먹고, 수업도 듣고,
청소도 스스로 해야 했다.

내 책상 서랍에는 선생님께 전달받은
교과서가 들어있다.
그리고 책상 옆에 달린 고리에는
미니 빗자루가 담겨있는 보조 가방이 있다.

'이제 내 자리는 내가 스스로 청소해야 하는구나.'

〈새로운 규칙〉

유치원에서는
한 줄 서기, 손 씻고 밥 먹기
쉬운 규칙들밖에 없었는데
학교에서는
복도에서 뛰어다니지 말기,
수업 시간에 조용히 하기,
화장실은 쉬는 시간에 다녀오기 등등
새로운 규칙이 많았다.

우리에게 규칙을 정해주는 선생님의 모습이
조금 무서웠다.
왜냐하면 규칙을 지키지 못하면
선생님께 혼날 수도 있기 때문이다.

학교는 내가 다니던 유치원과 조금 다르다.
나를 마냥 예뻐해 주시던 선생님이
계시지 않아서 그런가 보다.

〈종소리〉

학교에서는 종소리가 울린다.
우리는 종소리를 듣고 이렇게 반응한다.

'아 수업 시간이다.'
'휴~이제 쉬는 시간이네.'
'와 이제 밥 먹는 시간이다.'
'야호 이제 마치는 시간이야!'

종소리가 좋을 때도 있고, 싫을 때도 있다.
학교에서는 우리가 무엇을 해야 하는지
선생님이 아닌 종소리가 대신 알려준다.

교과서 준비하기.
화장실 다녀오기.
점심시간 수저 준비하기.
이제 집에 갈 준비하기.

학교에서 제일 큰 소리는 바로 종소리이다.

〈수업 시간〉

우리는 모두 한곳에 집중하고 있다.
바로 선생님이다.

학교에서 하는 수업은
유치원과 다르게 듣기만 한다.

만들기도 하고, 그림도 그리고
재미난 활동을 같이하면 좋을 텐데….

선생님의 말씀을 잘 집중해서 들어야 한다.
그런데 꼭 떠드는 친구가 있다.

하지만 나는 안다.
수업 시간에 장난을 치면 선생님께
혼이 난다는 것을.

나는 선생님께 칭찬받는 학생이 되고 싶다.
예쁨 받고 싶은 마음을 선생님은 알고 계실까.

〈쉬는 시간〉

아니 이렇게 제일 재밌는 시간이
10분밖에 되질 않는다니
정말 너무하다.

나에게 주어진 소중한 10분은
할 일이 너무나도 많다.

화장실도 다녀와야 하고,
친구들과 얘기도 나눠야 한다.
재미나게 놀기도 해야 한다.

세상에서 제일 달콤한 맛은
매콤한 떡볶이를 먹은 뒤
마실 수밖에 없는 쿨피스이다.

그런 것처럼 쉬는 시간은
수업 시간이 앞에 있어서
가장 달콤한 것은 아닐까.

〈점심 메뉴〉

오늘은 무슨 반찬이 나올까.
솔솔 풍기는 냄새에서
내가 좋아하는 반찬
한 가지라도 있으면 좋겠다.

맛있는 반찬은 많이 먹고 싶은데
모두 똑같이 나눠준다.

맛없는 반찬은 먹기 싫은데
어쩔 수 없이 식판에
담아서 제자리에 앉아야 한다.

점심시간이
좋을 때도 있고, 속상할 때도 있지만
그래도 한 가지 반가운 소식은
이제 곧 집에 돌아갈 시간이
다가왔다는 사실이다.

〈32번 사물함〉

나의 번호는 32번이기 때문에
내 사물함은 가장자리에 있다.

나의 사물함 속에는
교과서도 있고,
준비물도 있고,
소중한 물건도 있다.

모두가 사용하는 교실에서
이 작은 사물함은 오직
나만의 공간이다.

예쁘게 정리 정돈되어있는
책과 물건들을 볼 때마다 조금 뿌듯하다.

정리만 잘했을 뿐인데
내 자리가 예뻐 보이는걸.

〈시간표〉

내일은 무슨 수업이 있는 날이지?

전날 밤에는 시간표를
꼭 챙겨 보아야 한다.

교과서를 챙겨서
학교에 가야 하기 때문이다.

교과서는 전쟁 나갈 때
총 과도 비슷한 것이다.

수업 시간에 교과서가 없다면
선생님 말씀을 아무리
잘 듣고 있어도 마음이 불편하다.

내일은 국어와 수학 교과서를
꼭 챙겨가야 한다.

〈알림장〉

알림장은 학교에 꼭
챙겨가야 할 준비물이다.

알림장에는 선생님이 알려주시는 것을
잘 받아 적어와야 한다.

준비물을 빼먹지 않고 챙겨가기 위해서,
숙제를 까먹지 않고 챙겨가기 위해서이다.

알림장의 내용은
꼭 엄마에게 전달했다.

그것은 학교 다니는 동안
나에게 주어진 임무와도 같다.

엄마에게 잘 전달하기.
꼭 임무 완수하기.

〈준비물〉

선생님이 준비물을 챙겨와야
한다고 말씀하셨다. 내일은
미술 시간이 있기 때문이다.

색 도화지, 풀, 가위
무엇을 만들까. 벌써 기대되는걸.

어떤 날은 준비물을 잘 챙겨갔는데
어떤 날은 준비물을 까먹어버렸다.

준비물이 챙겨지지 않은 날은 친구에게
빌려 써야 하는데 내심 서운하다.

내 것이 아니니까 마음대로 원하는 만큼
사용할 수 없기 때문이다.

'다음엔 꼭 까먹지 말자'라고
마음속으로 여러 번 다짐했다.

〈숙제〉

담임 선생님은 모두에게
숙제를 내어주었다.

나는 안다.
'아, 이건 꼭 해야 하는 거구나.'

하지만 나는 정말 하고 싶지 않다.
수업시간 만큼이나 재미가 없기 때문이다.

얼른 재미나게 놀고 싶다.
이제 나는 선택의 갈림길에 놓였다.

숙제하고 놀까?
놀고 나서 숙제할까?

사실 무엇을 선택하든 괜찮다.
다만 숙제는 '꼭' 해야 한다는 것을
기억한다면 말이다.

〈일기장〉

어느 날 선생님이
우리 반 친구들에게
일기장을 준비물로
챙겨오라고 말씀하셨다.

나는 문구점에서 500원
동전을 주고 파란색 그림 일기장을 샀다.

새하얀 공책 속에
큰 네모에는 그림을 채우고,
작은 네모에는 글씨를
채워 넣어야 했다.

오늘 하루 무슨 일이 있었는지,
어떤 기분이 들었는지,
어떤 생각을 하였는지
이 작은 공책 속에 채워 넣어야만 했다.

처음엔 알록달록 예쁘게
그림도 그리는 재밌는
시간이 되었다.

하지만 점점 시간이 지날수록
미룰 수만 있다면 밤까지,
미룰 수만 있다면 끝까지,
미루고 싶은 '나의 일기'가 되었다.

재미난 것투성이였던 하루를
재미없는 일기장 속에 채워 넣기란
얼마나 힘겨운 것인지
어른들은 알까?

그런데도 일기를 써야만
하는 이유는 무엇일까?

선생님은 왜 이런 것을
꼭 해야만 하는 '숙제'로
내어준 것일까?

일기는 숙제이지만
숙제보다는 더 큰 '의미'를
담고 있었다.

내가 즐거웠던 일은
다시 한번 더 즐거울 수 있도록 만들어주고,

내가 화났던 일은
다시 한번 더 화날 수 있게 만들어주고,

내가 슬펐던 일은
다시 한번 더 슬플 수 있게 만들어줘서

나 스스로가 나를 '공감'해주었다.
그리고 대신 그런 내 마음을 '간직'해주었다.

그래서 나에겐 소중할 수밖에 없는
'일기'라는 것을 그 누구도 알려주지 않았다.

〈무서운 선생님〉

나는 우리 반 선생님이 좋다.
그런데 선생님이 조금 무섭다.

왜냐하면 친구들을 혼낼 때
선생님이 큰 소리를 내며
혼을 내셨기 때문이다.

오늘은 모두가 시끄럽게
떠들어서 눈을 감고,
손 들고 벌섰다.

벌서는 시간 동안
나와 친구들은
조용히 있을 수밖에 없었다.

교실에서는 선생님이
왕처럼 느껴졌다.

왕의 명령을 어길 시에는
이렇게 벌을 받겠지?

다음번엔 왕 같은 선생님이 아니라
천사 같은 선생님을 만나면 좋겠다.

천사 같은 선생님이 있는
교실은 너무 행복할 것 같다.

제2장

친구사이

〈고마운 내 친구〉

언제부턴가 친구가 가장 소중했다.
부모와 함께하는 시간보다
친구와 함께하는 시간이 나에겐 더욱 중요했다.

나에게 친구란 참 소중하고도
중요한 사람이다. 이 교실은
나 혼자가 아닌 너와 함께
생활하는 공간이니까 말이야.

혼자서 공부하고,
혼자서 놀고, 밥 먹으면
아주 재미없고, 무서울 뻔했는데
너와 함께라서 참 다행이야.

너와 함께라면 어렵고 힘든 순간에도
잘 이겨낼 수 있을 것 같아.
친구야 고마워. 내 곁에 네가 있는 것만으로도
난 참 행복해.

〈사이좋게 지내자〉

친구랑은 사이좋게 지내야 한다고
어른들은 항상 그랬다.

하지만 내 마음은
그게 전부가 아니었다.

친구면 항상 사이가
좋아야 하는 걸까.

친구도 소중하지만
내 마음도 소중한걸
왜 어른들은 몰라줄까.

우리는 더 이상 장난감만
갖고 놀던 어린아이가 아니다.

마음과 마음이 만나서
함께 하는 것이기에
서로 한마음이 되어야 한다.

사랑하는 한마음
존중하는 한마음
고마운 한마음

어떤 마음이더라도
너와 한마음이 될 수 없다면
사이좋게 지낼 수 없을 것 같아.

〈불편한 친구〉

내 마음에 쏙 드는 친구가 있는 반면에
내 마음에 불편한 친구가 있다.

이 친구는 나를 너무 괴롭히는걸
저 친구는 너무 시끄러운걸
그 친구는 나를 너무 힘들게 하는걸

"친구야, 나 너에게 할 말이 있어.
지금 너의 행동이 내 마음에
상처가 되는데 어떻게 해결하면 좋을까?"

이렇게 말하고 싶지만
용기보다 이미 내 마음속에
자리 잡은 것은 미움과 슬픔이다.

어른이 되면 모두 사이좋게 지낼 수 있을까?
어른이 되면 모두 사랑할 수 있을까?
벌써 어른이 되고 싶어진다.
어른이 되면 용기도 백배로 생기고,
뭐든지 다 내 마음대로 해결할 수 있을 것만 같아.

하지만 나쁜 친구란 이 세상에 없는걸.
우리는 모두 생명을 가지고 태어난
소중한 존재들인걸.

'친구야 너를 소중하게 생각하는
내 마음이 얼른 너에게 전달되면 좋겠다.'

〈나쁜 말 하는 친구〉

어떤 친구가 나쁜 말을 사용했다.
처음 들어본 말이지만
나쁜 말인 게 분명 틀림없다.

선생님께 이르면 그 친구는
혼나고 말 테지.

하지만 욕을 들은 내 기분은
선생님도 해결해 줄 수가 없다.

이미 내 기억 속에서
잊히지 않는 단어인걸.

내가 나쁜 말을 사용하면
우리 엄마 아빠는 나를 아주
크게 혼내실 거야.

'친구는 어떻게 저런 말을 사용할 수 있지?'

이상하게 궁금해지는걸.
뭔가 대단해 보이기도 하는걸.
친구가 하면 나도 따라 하고 싶어지는걸.

엄마 아빠는 이런 내 마음 모르실 거야.

하지만 내가 세상에서 제일
사랑하는 우리 엄마·아빠가
싫어하리라는 것은 분명하다.

내 마음이라고 모든 게 정답은 아니구나.
내 마음도 이렇게 틀릴 수가 있어.
틀린 문제는 고쳐야 하는 게 정답이야.

〈제일 친한 친구〉

나에게 친구는 많지만
제일 친한 친구는 딱 2명이다.

마음을 들여다보니
그 이유를 알 수 있었다.

웃긴 생각, 웃긴 장난,
웃긴 이야기, 웃긴 모습.

서로가 즐겁고, 행복하니
저절로 가까워지고 있었다.

그렇게 우리가 쌓아 올린 추억들은
우정이 되어 마음 깊숙한 곳에
새싹처럼 돋아나고 있었다.

우정이란 꽃이 얼마나 아름다울지는
시간이 지나면 자연스럽게 알게 되겠지?

친구야
우리 서로 웃긴 것도 좋지만
힘든 것도 나눌 수 있는
그런 소중한 사람이 되자.

〈공부 잘하는 친구〉

나는 이 세상에서
공부가 제일 하기 싫은데
내 옆에 있는 친구는
공부를 잘한다.

선생님 말씀도 잘 듣고,
수업 시간에 떠들지도 않고,
어려운 수학 문제도 틀리지 않는다.

그 친구와 다르게 나는
노는 게 더 좋고,
떠드는 게 더 재밌고,
문제가 틀려도 괜찮다.

하지만 선생님이 나보다
그 친구를 더 좋아하는 것은
괜찮지 않다.

나도 모르게 마음속에
상처를 받은 듯하다.

공부를 잘하면 인기가 많고,
공부를 잘하면 칭찬받는 곳이
되어버린 학교가 나는 밉다.

하지만 나에겐 학교를
거부할 수 있는 선택권이 없다.

그것은 마치 부모님을 내가
선택할 수 없는 것처럼 당연한 것이다.

왜 나는 공부가 하기 싫은 걸까?
공부는 무조건 잘해야만 하는 것일까?

조금 컸더니 점점 어려운
질문들이 내게 생겨버렸다.

시험지 문제 답보다
내 질문에 대한 답이
나에겐 더욱 중요하다.

공부는 우리에게
지식을 선물했을 뿐인데

정작 어른들이 그 선물을
저울질하며 공부를 우습게
여긴 것은 아닐까?

〈힘센 친구〉

언제나 그렇듯이
시끄러운 친구가 있으면
조용한 친구가 있고,

달리기 빠른 친구가 있으면
달리기 느린 친구가 있다.

그리고 우리 반엔
힘이 센 친구가 있는데
반대로 힘이 약한 친구도 있다.

힘센 친구에게는 암묵적인 특권이
주어지는데 그것은 바로
우리 반 대장이 되는 것이다.

왜냐하면 그 힘으로 누구든
따르게 할 수 있으니까 말이다.
영화에 나오는 히어로들은
그 힘을 어디에 사용하더라?

히어로들은 그 힘으로
인간과 지구의 평화를 지키는데
일조하지만

악당들은 그 힘으로
인간과 지구를 지배하여
다스리는 데 목적을 둔다.

우리 반에는
영웅인지 악당인지
모를 힘이 존재한다.

이 작은 공간에서도
그 힘은 빛을 발하는데
더 큰 세상 속에서는
얼마나 큰 영향력을 행사할까?

그러나 언제나 그렇듯이
힘은 마음을 이기지 못한다.

세상에 그 어떤 힘이
존재하더라도 그 힘은
늘 마음에서 비롯되는 것이다.

정의로운 마음은
아름다운 힘을 만들고

불의한 마음은
무서운 힘을 만든다.

제3장

마음가짐

〈용기란 무엇일까〉

용기란
마음속 깊숙이 숨어있다가
내가 도움을 요청하면
그제야 정체를 드러내는 것이다.

반대로 말하면
용기는 내가 먼저 손을
내밀어야 모습을 비춘다.

그렇다면 용기가 필요한 순간들은
언제일까?

용기는
학교에서도 필요하고,
친구에게도 필요하고,
집에서도 필요하고,
모든 곳에서 필요하다.

왜냐하면 이젠 내 마음을
그 누구도 아닌 나 '자신'이
가장 잘 지켜줘야 하기 때문이다.

몸이 아플 땐 약을 먹으면 그만이지만
마음이 아프면 '눈물'만 찾기에
'용기'를 찾을 수 있도록 내가 먼저
마음을 지켜야 한다.

힘들 때 힘들다고 말할 수 있는 용기,
싫을 때 싫다고 말할 수 있는 용기,
무서울 때 무섭다고 말할 수 있는 용기,
서운할 때 서운하다고 말할 수 있는 용기,
고마울 때 고맙다고 말할 수 있는 용기,
사랑할 때 사랑한다고 말할 수 있는 용기,
도움이 필요할 때 도움을 요청할 수 있는 용기.

오늘 하루,
수많은 용기가 필요하다.

그런 용기는 내게
무엇을 가져다줄까?

그 어떤 보석과도 비교할 수 없는
'희망'이란 가치를 발견하게 해준다.

〈절제란 무엇일까〉

절제란
지켜주고 싶고, 들어주고 싶기만 한
내 미음을 제어하는 것이다.

세상 사람들이 자신의 욕심을
조금 버리고 '지구'를 아껴줬더라면,

세상 사람들이 자신의 이익을
조금 나누어 '이웃'을 도와줬더라면,

세상은 지금보다 더 '행복'하지 않았을까?

학생이기 이전에 한 사람으로서
절제는 아주 중요한 마음가짐이다.

단순히 게임을 절제하고,
TV를 절제하며 오락을 통제하는 것이
중요한 게 아니다.

누구에게나 마음이 있듯이,
누구에게나 '양심'이란 것이 존재한다.

양심이란
우리 마음이 항상 옳고, 좋은 것만은
아니라는 것을 행동과 말로 실천되기 전에
먼저 일깨워 주는 것이다.

그리고 그 양심은
우리에게 바란다.

그런 마음을 사람이라면
누구나 가질 수 있지만

그런 마음을 사람이라면
누구나 '절제'할 수 있기를 말이다.

오늘 하루,
힘겨운 '절제'가 필요하다.

그런 절제는 내게
무엇을 가져다줄까?

나 자신을 스스로
대견하게 여길 줄 아는
'뿌듯함'과

나 자신을 스스로
낮출 수도 있는
'겸손함'을 선물해 준다.

〈열정이란 무엇일까〉

열정이란
보잘것없는 '나'를 포기하지 않고,
'넌 할 수 있어'라고 끝없이 외쳐주는
내 마음의 작은 응원이다.

어릴 적, 못 하는 것이 없었기에
그저 '최고'라는 단어가
'나'를 가리키는 것인 줄 알았다.

그러나 점점 시간이 지날수록
'최고'의 자리를
누군가에게 넘겨주어야만 했다.

어릴 적, 피아노를 좋아해서
당연히 나는 '피아니스트'가 될 줄 알았다.

그러나 점점 시간이 지날수록
'피아니스트'의 자리를
누군가에게 넘겨주어야만 했다.
그렇게 나는 쓸모없는 존재가 되었을까?

우리 마음에 '꿈'을 간직하고 있다면
'열정'은 언젠가 반드시 이루어지는 것이다.

오늘 하루,
따뜻한 '열정'이 필요하다.

그런 열정은 내게
무엇을 가져다줄까?

'꿈'이라는 정상에 오르는 것보다
힘겨운 발걸음과 벅찬 호흡이
나에게 더 값진 경험이라는 것을
일깨워 주도록 '추억'을 선물해 준다.

나의 꿈

사실 나의 꿈은 '작가'였다. 순탄치 않았던 나의 삶을 지탱하게 만들어준 것이 바로 '글쓰기'였기 때문이다. 나는 글에 '희망'이 존재한다고 믿는다. 글 자체가 어떤 환경을 바꾸고, 세상을 바꾸는 일은 일어나지 않더라도 그 속에 담긴 '지혜'는 언젠가 빛을 발하기 때문이다.

'엄마의 마음'으로 쓴 글이지만 '나의 꿈'을 실현하게 해준 나의 천사 같은 아들에게 진심으로 고맙다.

사랑하는 나의 아들을 위해 쓰기 시작했던 글이 점점 '나를 위한 것이구나'라는 것을 깨달았다. 나 또한 성장통을 겪으며 인생 길을 걸어왔지만 행여나 너를 나의 잣대를 가지고 함부로 판단하며, 행동할 수없도록 미리 제어해 주는 '지혜로운 방법'이 담긴 책이 되었다.

앞으로 우리에게 어떤 일이 생기고, 어떤 길을 걸어가게 될지 아무도 모른다. 한 가지 말 할 수 있는 것은 지금까지는 너의 모든 순간이 기쁨으로 가득했을지라도 이제부터는 그게 전부가 아니라는 사실이다.

세상은 너에게 어떤 것을 요구하고, 어떤 것을 빼앗아 갈지 아무것도 모른다. 하지만 너를 누구보다 사랑하고, 아끼는 사람으로 해줄 수 있는 말은 아무리 어렵고 견디기 힘든 순간이라도 '희망'이란 것이 늘 우리 마음속에 존재한다는 사실이다.

그러나 희망이 존재한다고 하여 누구에게나 허락된 것은 아니다. 희망이란, 빛 한 점 들어올 것 같지 않은 어둠 속에서도 발버둥 치며 용기를 잃지 않는 자에게만 주어지는 한줄기 빛이다. 결코 어리지 않는 초등학생인 너에게 엄마의 지혜가 조금은 도움이 되길 바라고 바랄 뿐이다.